万象

第37届青春诗会诗丛

《诗刊》社 编

刘康————著

长江出版传媒

长江文艺出版社

刘　康

江苏常州人，1989年生。在《诗刊》
《人民文学》《钟山》《青年文学》
《天涯》等期刊发表过组诗。诗集
《骑鲸记》入选"21世纪文学之星"
丛书（2020年卷）。

目　录

第三辑　鹦鹉螺号

第一辑

灰色行星

去伦敦

列车从晨雾中驶离，一枚齿轮
在转动中发出崩裂的声响
它应该来自机械的内部，一台精密到
无法容错的内燃机。维多利亚曾用它
征服过半个欧洲，而现在，它能否
走出这条峡谷？旅客们在车腹勾勒出
玄奇而瑰丽的图景，一种驶离原点的
欢愉油然而生。只有极少数人能在
列车的轰鸣中感受到它的战栗——
一种与时代背离的衰老。巨轮还在往前
而它仍在原地。年轻的齿轮已能在
提速中压抑自己的咆哮，从工业时代
的 A 面翻转到它的 B 面。像一头头猛兽
在巡狩前学会了收敛自己的气息
去伦敦，去伦敦，低沉的嘶吼
在峡谷回荡，一辆列车向它迎面驶来
里面载满了时代的英雄

蜃楼志

云层上有人群走动的声响。阿冷说，
凡步履沉重者均困于此处。我尚不能
理解，一群躯壳未褪之人如何在虚空中
保持悬浮。但凡事必有其因，云层之上
尚有极天，如果从更高的角度向下望去
不过是群迷茫之人囿于山腰，而我们
则在山脚。悲哀之事在于，我们过早地
窥视了结局而不自知。总有人
要沿原路返回，阿冷就是其中之一
当云端不再传来徘徊之声，是否就意味着
他们已然回到我们之中？事实是
跫音无处不在，早在你侧耳前就有人
收摄脚步再度攀援。只是你并不知道
那个回返后又保持沉默的人，最终
有没有走出迷茫

自由史

逃离是门技艺。当我们离家出走来到那片
约定的山林，小 A 并没有如期出现
作为发起者之一，我和小 C，在等待中变得
越发不安。一个人的爽约存在诸多可能
但不是每一种都能得到谅解。出于自尊，
我们在黑暗中度过了一个漫长的夜晚
星月映照着我们，像两条误入禁地的幼虫
蜷缩在山林一角直到火把找到我们
此后的很多年里，我仍无法准确说出
那个关于"自由"的定义。它曾找到过我们，
在三个字母间投掷骰子，却因既定的概率又提前离开
那么我们看见过自由吗？在狭隘又平行的切面
一只苍鹰飞过云层，火焰在海底燃烧
时间被圈禁在闭环之外，只有成长
为我们打开了一条出路。小 A 和小 C，
两个和我命运构成三角的字母，在一次逃离中
展示出拙劣的技艺。仿佛只是为了让我们明白
"自由"不过是一种诱使，无论你立在
三角的哪个支点，它都有骤然崩溃的可能
——一个你无从得知也无法解释的缘由。因此，
当我的孩子向我提出豢养宠物的请求

我并未察觉不妥之处，相较于广义的圈禁
狭义的自由或许才是骰子最终停摆的那面
我又想起了小 A，那场逃离的失约者
是否最终也进入了那片山林，在对称的另一角
独自度过了漫长的一晚

鸟　鸣

"那个失去方向的人会不会在山中过夜?"
"不会,黑暗会逼退所有试图靠近它的人。"
细语声从头顶传来,我没有点火
火光会印证它们的猜想。很久以前,
当我从另一片山林走出,似乎从未想过
星月也有抵达不了的地方。而火把,
一个幽居黑暗中人的假托之物,也未被
群鸟提及。我只是迷失了方向,从一片阴影
进入另一片阴影,中间是稠密的黑
而羽翼之下尚有空隙,两只对人类葆有
善意的鸟儿正用它们的语言交谈
我听出了其中的深意——往回走,往回走,
那儿有黑暗蔓延不到的地方。只是我
不忍打断它们:致使我重返山林的原因
正是那片极昼之地

入海记

出发前我想到了搁浅。一个不愿在
陆地生活的人决定离开人群，还有比
大海更好的去处吗？波斯湾就在眼前，
通往伊甸园的路径尚未显现。我闻到了
椰果的气息———一座浮岛正向南移
如果洋流的速度足够湍急，或许在
倾覆前，我就能找到系住帆船的绳索
而海面依旧平静，一道被海水包裹的
夕光正沉入海底。不是暴风迟来，
漩涡在凝聚前就看到了孤帆的结局
驾船者需要更长久的耐心，像浮岛，
像游鱼，像一粒析出水面的盐
随时都要做好，重新溶入的准备
而我之前生活过的陆地，不过是粒
更大的盐

环游记

通往大海的路径还未显现。一个
经验丰富的水手知道，如何通过土壤分辨
前路的方向。伟大的旅行不亚于一场
占卜，从北半球到南半球
世界的极地忽隐忽现。并不是所有的水手
都善于在陆地行走，你何曾见过
涉水的青蛙又久居旱地？因此，真正的
大海远不如你想象的那样凶险
而白帆，一叶叶浮于水面的腮体
其下都隐有一颗硕大的头颅，水手们
以歌为号，在日落前抛下巨锚。只有
他们知道，一条曲线的终点通往何处
我曾随巨轮远渡重洋，长久地漂泊
让我误以为脱离了引力，直到歌声传来
一轮红日缓缓入海。我们仍未能
看到它的边际，而是周而复始
从一端划向另外一端

食梦记

传闻有种叫貘的异兽，能趁人熟睡之际
吞食他的梦境。因此，每次从深夜醒来
我都会拉开窗帘一角，透过玻璃边缘
能感受到轻微的凉意——它的确来过，
房间里留有残梦未消的气息
有时是一朵云，被利爪撕扯成两半
闪电和惊雷不复再现。有时是一张脸，
但已辨认不出他本来的面目。还有一次，
我从睡梦中惊醒，那是一趟
尚未完成的探询之旅，答案在显现前
陡然消散。所有与冥冥相牵的捷径
都已被迷雾覆盖，天亮时，我从曦光中
再次醒来，一株玉兰在墙角散发着
淡淡的幽香，作为见证者，它从来都知道
每个夜晚发生过什么

圆周率

囿我于方圆中的阁楼并非理想的禁地
仍有月光从烟囱滑落，这轻盈的、
洁白的安慰，像一个巨大而不规则的圆
拢住了那颗因孤困而欲离我远去的心
然圈禁终非良策，我仍需以莫大的毅力
抵御它对自由的向往——窗外是片
茫茫的白，以及白所带来的短暂的失明
我已失去边界日久，但仍能察觉到
它的存在。遗憾的是，我始终无法精确地
测算出它的疆域。像那片烟囱里落下的
月光，它只是无限地接近于圆，而非
一个完美的闭环——这微小的、无法辨识
的破绽，正是推倒一切定理的支点
正因如此，我才不能纵容一颗自持已久
的心，陷入这狭义的自由

蝴蝶先生

像青牛踏云而去，蝴蝶也能
下地耕犁。我把陆地的生活归纳为
平淡，而阿冷已在山腰生活了数年
他从不提起自己的过往，就像
无人知晓我的近况一样，我们为
彼此之间预留了足够的空白。唯一能让
两点之间产生交集的信笺
也随邮筒的退化而日渐虚无。要么，
我是他的蝴蝶，要么，他是我的倒影
还有更多的解释在赶来的途中
销声匿迹。但我保存了过往的书信
——那一只只抵达过群山深处的飞鸟，
衔回了我刻意丢失的部分
人都是需要完整的，尽管我们可以
依靠惯性活着。但强大的推力仍使我们
失去了回返的可能。而阿冷不一样，
他有纵身一跃的选择

理想国

在海边搭一座城堡，要有向阳的花园
和适宜热带季风的植物。这样，
我的仆人在清扫时就不会因落叶积地
而徒耗心神——不是所有的客人
都喜欢秋天。比如博尔赫斯，他与
巨鲸交谈时习惯双手拄拐，而一片沙地
隆起的部分往往会打断他的思路
再如荷尔德林，自推门而入的那刻起
就不容再有多余的声音。当然，
更多时候，来自大海的客人们喜欢
咸湿的水草，而一簇明火往往会让他们
心生嫌隙。我的仆人深知所有客人的习性
他会在落日入海前就点燃篝火，也会
在星月无光时吹灭蜡烛。而我要做的
只是等待，在每个夜晚来临前就准备好
构筑城堡的沙子

海与岸

把大海看作起点，陆地则是群
大小不一的岛屿。我们散落其间，
依靠星光和木筏拉近彼此的距离
没人会告诉我们，板块与板块
之间的位移远超流速。往往只需一瞬，
此生就再难相见。为此，我时常
在过往的木筏上刻下自己的名字，
以期那些有缘之人不再将我遗忘
但世事常与愿违，当我从一座岛屿
漂泊到另一座岛屿，那些刻满名字的
木筏，却再无空余之地——遗忘
总是最先从奢望开始，我们注定
无法将名字撒满整片大海。而那些
如我一样，往返于海与岸之间的同伴
早已在星光下消失了踪迹

城市之光

从新街口到张府园相距一站地铁
每天清晨，我在桐树下顺流而行
人群分作两边，年轻的部分早已穿过
叶缝间投下的光影。而另一边，
褐色的光斑落在了他们的发梢、眼睑
和脸颊。也有一些隐没在了
地上的阴影。我观察这些，并为此
感到惊奇——当光线透过云层
抵达这座城市，如何在万众中
捕捉到它的受众？除了衰老带来的
迟缓，我还看到了某种平静下的
坦然，像一枚落叶，在起风前
悬停在了城市的半空。有别于这些落叶
地铁站和便利店之间的光带迅速转移
我从未看清过他们的脸，正如他们
也从未注意到自己的同伴在阴影下
独行。而当人群散去，一辆辆汽车
在十字路口停顿又离去，红绿灯
折射出妖冶的光芒，这又是秩序的
另外一种。我小心翼翼地踩着斑马线

如同一只刚出山林的小兽，来到这
光怪陆离的人间

造梦者

制造一个梦想，首先你要
勾勒它的框架——菱形、椭圆，或者
不具规则的多边。而哈维尔不一样，
他的梦想透明而无边际。比如，
在巨浪里与鲨鱼搏斗，并取得胜利
还可以在人流中逆行，找回
过去的自己。边界限定了我们的想象
从始至终，我都在规则的轨道上
观看别人的梦想。哦，这乐趣的一种
并没有给我带来快乐，直至鲨鱼
真的被他击败。那么是否我也能和他一样
拥有迷途知返的能力，在过去和未来间
找回迷失的自己？答案显然是
不可揣度的，就像，我在擦去边界时
脑海中想到的全是修正

飞行的秘密

会飞的人总在夜间驰行
他们无法证明，自己多于旁人的
那段高度。像鸟类，因为翅膀
而拥有了上帝的视角。它们同样
无法说出，你所未见之物

我的朋友 L，因醉酒吐露
夜晚的秘密而失去了飞行的能力
作为惩罚，高空使其产生了畏惧
我们登山，在一座峰顶俯瞰大地
黝黑的坳口不过是秘密之一
他曾进入过，更深处的洞渊
——那些吞食他胆气的巨口
如今他被巨口吐出，眉梢还粘有
地底的寒霜。我见过它覆盖的
那双眼睛，漆黑的瞳仁里
仍有焰火跳动

勾股定理

从张府园到集庆门，需要穿过六个红灯
从集庆门到张府园，也可绕道一个拐点
在尚未确证它是直角前，每日我须
以不同的路径往返于起点和终点之间
但事实证明，时间与距离的关系
并不完全对等。比如直行，红灯给我
带来的阻碍往往远超绕道。没人能
精准地计算出步距与红灯之间的关联
——现实总是游离在定理之外。为此，
我用近三年的时间为这座城市规划了
诸多捷径——在人流中逆行，于拐角处
避让，红灯时就默算好下个路口的距离
我们没有太多的时间，去印证一个又一个
既成的定理，规则的魔力也大抵如此，
即便你推翻了它，内心感到忏悔的
仍旧是你

时间的瘦马

如果死亡不是一个族群的
最终归宿，那它可能是一道门
越过者也有回返的几率
当我的瘦马从野地里走来
我确信它一定经历了什么
四围黯淡，一种与光对等的盎然
蓬勃滋生。我在寻找它
消失的鞍具，那条可能存在的
马鞭，和一具嶙峋的瘦骨

它回来了，野地的蹄印
规则有序，一种从未有过的
从容如此清晰——这不是
我的瘦马，时间已还它自由
它的哀伤依旧明亮，仿佛
已然看到，加诸我身的鞍具

临渊者们

当一个人拥有和时间对抗的力量
这意味着什么——
他将在痛苦中获得清醒，并对
现实的安逸产生警觉。1961 年 7 月
海明威用一杆猎枪结束了自己的生命
数十年后的今天，我在一首诗中
看到了自己的宿命———一个
在罅隙中等待被征服的困境
因此，一个人的自戕变得有迹可循
这只是一种方式，在征服
与被征服之间。或许结局早已注定
一个在深渊边徘徊的人，总有
纵身一跃的瞬间。这并不悲哀
就像我写这首诗，也不是为了哀悼

语言的尽头

当我说"奥",群山报之以
绵长的回响。这是哲学的开端,
一种智慧被另一种智慧覆盖
我看到了更迭的光芒。当我将
溢出的词语咽回体内,细微地蠕动
沙沙作响。它就要湮灭
像某种动物濒死前的绝望,尚有
惊雷伏于云层。还有多少言语
在赶来的途中又折返回去?
群山用沉默替代了回答
像一茎枯草,在寒风中无声摇摆

不　死

他们说我死于一场战乱，在我
抵达彼岸的瞬间，那个持我头颅的
刽子手正泪流满面——一个人的
喜悦来得如此突然
但我依然活着，像多年前我因
桅杆折断而跌落大海。没人知道
波涛为我而生，暴风也必将
送我入岸。一朵浪花拍打着
另一朵浪花，在海与岸之间
我看到一只长有深红色喙的海鸟
它认出了我——那个在月光下
收集碎银的人类。就像多年后的
此刻，当我的旧友与我围坐一堂
没人会为我的出现而感到惊讶
我向他们坦述我的离奇经历，并将
积攒的碎银逐一分发，在死亡
真正到来之前，我的时间
并没有想象的那么漫长

蝴蝶效应

阿冷在信件中向我表达了
某种忧思——飞鸟在越过群山时
会不会被深谷的引力所摄？
他时常如此，在荒诞和理性中
寻找攀援的路径。如果飞鸟真为
深谷所摄，那所知者必定寥寥
作为臆测者之一，阿冷会不会在
蝴蝶振翅的瞬间看到谷底的真相？

就像多年以前，我们在故乡的站台
挥手告别，启明星映照着一列
火车驶向南方。多年后，那里
积雪崩塌，晨昏星在日落前
递来了一个青年理想的碎片——
蓬勃，绝望，有内部瓦解的痕迹
我曾拼接过它，在行将圆满的
瞬间听到了玻璃碎裂的声响

效仿者们

因为智慧，波多黎各鹦鹉拥有了
语言的天赋。不止学舌，它们
还会窥窃人类的思维。譬如
种群与种群之间的对抗，在某种
绝对的优势面前，它们选择了
隐藏自己的智慧。因此，当我们
小声交谈，一只沉默的鹦鹉
可能并非像它表现出来的那么
愚钝。同样的事实到处都在发生
数千年前，我们的祖先在河边
遗落了一只鞋。几千年后，这里
高楼林立，一群鸥鹄呼哨而过
作为效仿者之一，它们也在楼顶
留下了自己的羽毛

捕鲸记

猎捕一头鲸鱼，和征服一片大海
没有本质的区别。同样都是冒犯，
一根鲸镖在截断喷涌的水柱后
大海将被往南拖行数十里，抵达
老波德口中的"天堂之岛"。何谓天堂？
当一群囚徒羁押着另一群囚徒
并自诩为狱卒时，海面上升起的绚丽光晕

"你从未见过它温驯下的暴虐。"
是的，但可以想象，一艘船拖拽猎物时
遭遇风暴的境地。作为幸存者，
老波德很早就结束了一个水手的职业生涯
当他向我讲述这段真实的过往，
我听到了一个水手心底的波涛——
"天堂"或许不再是曾经的"天堂"，
但囚徒仍旧是那个囚徒

类人群

"做自己的囚徒，回到人群中去。"
鲜有人能拥有这样的勇气。1987年，
普利莫·莱维在寓所结束了自己的生命
——一个群体的太阳熄灭了，欢呼声
又高亢了几分。如果有人在暗中窥伺，
那他会不会对结局感到惋惜
是什么让一个"囚徒"决心以这样的方式
挣脱枷锁？从一个制高点飞往
另一个制高点。墨迹尚未干涸，
写作的意义无非是为了抵消活着的羞耻
那么你曾感到过羞耻吗？在人群，在闹市
在每一阵急促的掌声里。那些欢腾过后的
荣誉，像一座座透明而独立的牢笼
阳光从顶端泄入，黑暗却仍未被驱散
你孤身一人，在人群中笨拙地挪动
似乎从不担心，自己拥有翅膀的秘密
会湮没于人潮

持续性

一

有没有一种快乐会在悲伤过后又卷土重来
有没有一种声音能在消逝之前就回响不绝
有没有一种错觉让你误以为自己早已死去，
而我们依靠惯性活着

二

黑暗中，手持镜子的男孩正试图
将一束星光聚拢。他要将光线打入
那座阁楼的内部，以印证自己荒诞的猜想
——除了明火和电灯，天穹之上的光源
或许也有贮存的可能。灵感源自
父亲的故事：当一个人吸纳足够的光亮
他的眼睛就能在黑暗中生出光来
他确信自己的坚持充满意义，从白昼
到黑夜，光源总是无处不在
这是父亲所不知道的

三

睡梦中醒来，往事又从半途折身而返
如果不依靠光源，我甚至无法准确地拧开
一盏台灯——我依旧没能拥有夜视的能力
但这并不影响，我对故事结局的肯定
在拉萨，年轻的喇嘛扎巴
带我穿过寺庙黢黑的后殿，脚步声止，
光明即现。我想他未必拥有过
和我相同的经历，但故事的尾声
却延续在了他的身上。一定存在着某种
谬误，以至于我的坚持被中途打断
但惯性准则仍让一件事物无休止地
延伸下去。譬如寻找和转移，每一个故事
都会拥有一个结局，在相对狭窄的未来

四

清晨，和父亲在院中相遇
因为雨故，他正准备到河边下饵
粘丝网薄而透明，入水后即融为一体
因而不用担心光线的折射会惊跑猎物
——鱼是没有眼睑的，如果他还记得
当初的那个故事，会不会象征性地

收取一网河水就此罢手？我没有跟去，
但我知道数千年前的达摩就曾割去眼睑
如鱼一样在潮湿的山洞中面壁九年
期间，无数张撒向他的巨网被他避开
——一个没有眼睑的人是否就能像鱼一样？
或者他就是一尾鱼

我从不吃鱼，这是父亲所知道的

趋向性

一

放一只风筝和收一揽空网有何不同？
有时我用左手抛物，右手接续
并把落地的果核埋入土中。这样，
自上而下的循环就不存在瑕疵
就如风筝飞起后我松开左手，渔网
收紧时攥紧右手——价值的认知体系
让我失去了一对翅膀。有没有比那个
广场上抖动空竹的男孩，更完美的平衡？
他从不松开自己的双手。但我知道，
未来的某一天，空竹会被收入匣中

二

返程时我两手空空，因为厌弃，
我关上了所有的门窗。那枚果核
已在院中分娩出嫩绿的新芽，它曾因
一个细小的谬误而被我掩藏
如今真相已现，它的存在只是为了印证

一个猜想——从来不会有某种循环
能够单向而行。有时我们顾此失彼，
却能在慌乱中抓取直觉的部分，像这些
紧闭的门窗，仍有微风从罅隙中穿来
我思考那些松手的瞬间，似乎只有攥紧时
才有的笃定——它一定会以另一种方式
替代我的失去。正因如此，我才会在
一次又一次的笃信中失去了所有

三

出门前，我为幼苗换上新的土壤
我要去寻找丢失的风筝。很长的一段
时间里，它将会独自生长，直至
开花结果。而我则需在果实坠地前
找到我的风筝，并把轴线的一端
握紧手中。风力会使它升空，完成
将一条曲线掰直的壮举。这和水中收网
不同，我永远都清楚，水底的鱼类
不会脱网而去。而放风筝的人，却能在
拉扯中轻易脱手。现在，我把抛物的
左手换成了右手，像那个抖空竹的
男孩一样，拥有了短暂的平衡

失乐者

博尔赫斯笔下的永生之城
在西方世界的尽头，这和许多
东方智者所见相同。我坚信，
在繁复的历史交替中，他们中的
一些人曾到达过那里——一座
陌生的花园，或者迷宫般
失去出口的城池。甚至像书中
描述的那样，一群被上帝流放至此
的失乐者？事实若果真如此，
那就没有比这更残酷的惩罚了
就如某次我和友人的争论一样，
漫长的生命无非就是延伸了痛苦
的长度。这是一个悲观主义者的
谵妄之言，但可以确信的是
除了人类，尚有一些对死亡不具
恐惧的生命。我们称其为极乐主义

密林深处

一头小兽在人间迷失了方向
作为它，名义上的父亲
我有责任要将它送归山林，于是
趁着夜黑我们来到了郊外
接引它的同伴早已做好了准备
因为久居人间，它的踟蹰
引起了同伴们的不快，长长的獠牙
倒映出森寒的光芒。终于
我们下定决心，往密林深处走去
腥风越来越盛，残留在它身上
人类的气息越来越淡。它开始像
它的同伴们一样，在山林间腾挪呼啸
月光淡淡地洒在我脸上，渗出了一层
细密的绒毛。但我并不在意
此刻我内心充满了欢愉，只想往
更深的密林走去

偏　离

雏鸟振翅前习惯抖落身边的草料
我也一样，食物带来的安全感并不能
抵消恐慌。距离上一次觅食已隔经年
我的同伴们仍在为果腹奔走。是时候
向他们坦述真相了，一个时代的余粮
已然告罄，而刀耕和火种早已失传
需要锻造一门新的技艺用以替代
那些因认知误差而产生的偏离——
不是所有食物都可用来果腹，也不是
所有人群都需傍它而生。劳作
只是一种本能，在技艺尚未纯熟前
我们仍需囤积足够的食物用以缓释焦虑
还会有足够的时间吗？让一条曲线
重回正轨。饥饿无时无刻不在提醒我
绕过去，绕过去，有人就要在等待中死去

另一种可能

弥散的夜雾会不会是
为了遮掩黑暗中的一只眼睛
大地的灯盏有没有可能
为我们引来失散已久的故人
我所诉诸的文字会不会成为
另一个尽头真实的梦境

一株幼苗和一滴雨水的关系
有没有我们想象中的那么密切
它的成长和谁有关？你所
珍视的那些答案是否轻易
就被一种荒诞覆盖？还是世界
本就如此，那把你曾反复
求证过的钥匙突然某天
就折断在了你熟悉的锁孔

归 墟

> 渤海之东，不知几亿万里，有大壑焉，实惟无底
> 之谷，其下无底，名曰"归墟"。
>
> ——《列子》

多年后当我重温《列子》
不禁为古人的智慧暗暗喝彩
但有一个疑问，始终
在我脑海盘旋：归墟的尽头
通往何处？是否虚空中有一扇
虚掩的门，那里有更深的极境
这个猜测源自某个夜晚，
我的一位兄长从楼宇间起飞
一粒粒星辰在夜空时隐时现
似乎有一条必经之路，让它们
避让不及。当所有的星辰
都隐入黑暗，唯独一点亮光
在天边一闪而过。我认出了它
那个得到又带走答案的人

路　引

我的一位老兄，向我描述
他被雷电击中的经历时
我想到的是某个清朗的夜晚
我专注于一本诗集的阅读，以至于
失去了对时间的感知
直至虚空中传来了隐隐的雷声
几道闪电在乌云中盘旋
最终没有落下。一种无法言喻的失落
笼罩着我，那道原本必将击中我的闪电
也随之消泯。这个来自虚无的直觉
模糊而清晰，多年来仍让我无法释怀
直到他向我讲述这段离奇的经历
我才有种隐隐的感觉，有些人
生来就戴着枷锁在雨中穿行
而不得入门，而有些人
则注定会在漫步时被闪电击中

咏叹调

拥有漂亮眼睛的男孩安东尼
在画下第一颗星星的时候，周围
突然暗了下来。停顿了片刻
他又画下了第二颗星星，此时
周围已没有多余的光亮可供消泯
安东尼的眼睛亮了一下，主说：
"只有当皓月坠入山峦，
群星才会闪耀。"
他似乎触摸到了什么，黑暗中
诸神之门在向他遥遥招手
两颗星星散发着奇异的光芒
一些落在了纸上，一些
落在他戴有枷锁的手上
"没有什么自由是不需要付出代价的。"
说完，他小心翼翼地折上了画纸
直至光芒消失

命运之喉

据闻，波多黎各鹦鹉拥有人类的智慧
它们在表达友好时会选择性地运用敬语
正因如此，它们的种群才日渐式微
多年以前，我曾在乡间的小路聆听过
两株老槐的交谈，低沉而真切
有别于波多黎各鹦鹉的语言天赋
它们的智慧古老而深邃，那些无法用
肉眼辨识的波纹在虚空中震动。是的，
我从来都不是一个神秘主义的信奉者
因此我知道，一种文明的存在，在没有
受到另一种既定文明的认可之前
保持沉默是一件多么智慧的事
这也是我多年来从未对人提起的原因
唯一让我担心的，是我葆有的这一点
微末善意，到底正不正确

蹊　径

我们发生过分歧，在一条路
的开端或者尽头。你尝试
用数学的逻辑向我证明什么
但生活本身毫无规律可言
这是我们怀揣的共识。为此
我们不惜在灌木丛中另辟曲径
用一场冒险代替另一场冒险
只有我们自己知道，未知的路途
意味着什么。一切都是
崭新的开始，一切又充盈着
溃散和不安。谁也无法终止
它的延伸，即便我们看到过
那么多倒地未起的同伴

山　魈

我听过急促而欢快的曲调
像一支横笛，被封住了
一半的乐孔。父亲说它们吸食
月光，有鬼魅般的速度
在山林间行走游荡

这都是很久以前的记忆
如今我回到山林，在阁楼的
阳台放眼望去，雾气苍茫
仿佛记忆的碎片只是梦境的
倒影。它是否存在？
那个拿着铁锹的少年究竟
有没有被命运的绳索绊倒？
长久的静默后我听到了
短促的哨声，像某种回应
一匹月华正消散在那片雾中

证　物

年少时的那枚纽扣再一次被我取出
希尔，现在我要将它缝上你的衣袖
作为一个归人曾经消失的物证
它必有着一段不为人知的过往——
比如夜莺，夜晚降临前从不轻易飞出山林
再如飞蛾，灯火燃尽时方能从罅隙穿过
而这只是象征之一，蝴蝶仍未
在时间的一端为我振动翅膀。有时会有
跫音传来，你所说的命运也远不止
离合那样简单。它曾带我
去往一枚纽扣的凹面，并从中
捕捉那些针线穿行时留下的痕迹
这也是象征之一，我仍未在蝴蝶敛翅前
回到过去。而作为一枚纽扣未曾消失
的人证，我也要试着说出我的过往

路之极

阿冷从云南给我捎来信件
他已脱离生活日久，在三千米
的海拔闭门写作。因为地势之差
我从信文中读到了俯瞰之意
这和我久居平原贴地而活存有
一定的关联。我想起许多年前的
一个傍晚，我们从玉龙雪山
踏雪而归，一道夕光落入深壑
群鸟闪避的身影至今盘旋在我脑海
当他决定返身而上，我已失去
与引力抗争的勇气。没有人知道
一条道路的两端通往何方，如今
他已攀至山腰，一封信件挟带的寒气
让我避之不及。我已有所预见，
像我经历过的那些揣测一样，他对
道路的另一端同样充满了好奇

认识论

我们年轻，因此我们畅谈死亡
像一只拧紧发条的机械表
在时间的对立面，抛售虚无主义
然而受者寥寥无几，他们大多
心存敬畏，对未知的终点讳莫如深
这并不影响我们的谈兴，1917 年
34 岁的卡夫卡罹患肺结核，他在
日记中兴奋地写道：终于可以安静地
写作了。其间，他经历了两段恋情
完成了两部短篇小说集。正如一位
我们共同的兄长，在最后的时日
孤身北上，为我们带来荒原和落日
我们举起酒杯，在天平的另一端
互致问候。谁也不知道，
多少次这样的夜晚，我们的交谈
会突然陷入沉寂

门的背后

阿冷和我描述同一扇门
用了不同的词语。他说星光和漏缝，
有时也会听到跫音。像某种
动物，觅食前收敛地谨慎

这是根植于内心的不安，我也
有过。在过去，木质门板的晃动
往往会让我从睡梦中惊醒
除了自然之力，我也感受到了
某种不可抗拒的伟力。所幸我
一无所有，在忧惧和不安间
避无可避。现在，我在一扇晃动的
木门背后从容以待——一束星光
或者雷殛。它可以取走我
应有的一切，包括窃取之物

灰色行星

万物都有衰亡。一个人在旷野
看着漫天繁星，听到了体内
钟表走动的声音。出于某种
共鸣，他看到了那颗掩于
光芒背后的行星。像一粒烟灰
掸落在了星空深处。如果一切
如他所见，他实际看到的是
一颗行将消亡的巨大天体，时间
坍塌在了它的身上。他吸烟，
因此知道烟头泯灭时的空寂
那是一种有别于悲伤和恐惧的情绪
像一种放弃，抽离出最后的平静
现在，时钟已然走到了最后的计时
那颗灰色行星依旧飘浮在
浩瀚的深空，他听到了虚无中
某种事物滚动的声音，像一柄
重锤，就要叩开那扇大门

第二辑

U 型生活

U 型生活

重力使一根钢管弯曲。妻子说，
它的两端永远也无法自然触碰
这话是对的。深谙婚姻之理的人都知道，
一个内部的空间多难形成。或者说，
我们之间的闭环也充满了破绽——
比如你迎面走来，穿过的却是一道
虚影。像一个维度里不同的平面，
我们隔空相望，中间是一条幽深的峡谷
所有的事物都悬浮其中，包括那场
刚刚弥散的硝烟。你甚至还能闻到
那些积沉的怨怼，因失去出口而散发出
果酒的酵香。不是我没有向你走去，
一个平面的坡度让人难以为继，在你
意识到这个闭环的缺口之前，我就已
从它的缝隙掉落了下去

妻子与鹿

相比于水中找鱼，我更乐意
在山中寻路。有时花费一整天的光阴
只是为了在荒芜中踩出一条小径
它会通往哪里？事实是，
每次在半途我就会沿原路返回

一次，妻子带我路过一片山林
荒僻的小径覆满野花，一只小鹿
从路的那头与我们错身而过
我认出了她，那些褐色的蹄印，像妻子
少女时收敛的脚步。她曾跟随我
踩踏过那些积地的落叶，每次返程
都会有邃僻的跫音在林中响起。而后
妻子会带我来到新的山林，一条
尚未有人踏足的荒径，一个少女
从它的另一端与我们擦身，留下
褐色的蹄印

解　构

焦虑使我失眠。妈妈，一小片佐匹克隆
能带我走出困厄。这不是你想要的
但它仍在发生。在午后，在深夜，在每一种
你预设好的未来。我想我再难抵达
你所描述的那种宏大。微风在不经意间
就会吹走，我们构筑的那座城堡
它曾如此真实，矗立在我必经的路旁
很多年里，我依靠一根虚无的绳索向上攀缘
像一只蚂蚁，渴望在落雨前找到
恒久的庇所。妈妈，一个人的瓦解总是从
内部开始。它不同于那把你挥舞半生的
镰刀，群山从不雌伏于锋刃，暴雨
也不会在你预期的时间落下。现在，
我在一首诗里小心地向你坦述，辜负
带来的痛楚。它让我失焦，让我意识到
那根我想象中的绳索早已消散，在城堡
崩塌后，还在原地做着攀爬的动作

我们的心

落叶，枯枝，和树干
火苗总是先从一棵树的顶端开始蹿起
由外而内，最后是它紧紧攥住的树心
我想到了阿冷，在他被烈火焚心
的时日，我们从未察觉到异样
——一个人的瓦解往往从内部开始
我们施援，用泡沫般的语言阻截火线
看一场大火如何将我们的朋友吞噬
一切都为时已晚，当他又再次
回到我们中间，一棵失去了树心的乔木
仍旧挺拔，我闻到了那股焦香
每一次吐息，都有扑面的热浪向我灼来

取肋记

一头牛有 13 对肋骨，26 根。如果从
尾椎向前倒数，它们会依次经过
下腹、胃室，和胸腔。因此，屠夫在
下刀前总会用强电将牛击晕，以期
保持骨肉连接的最佳状态。要知道，
26 根肋骨的价值等同于一头牛的
二分之一。父亲用这个换算标准向我
证实了一件事：他所赖以生存的耕牛
也仅能供我走完这一程。如果不能
在前路中找到对的出口，他势必会
取出自己的肋骨——12 对，24 根
这是一个农村孩子的唯一退路。因此，
每次从斜坡滑落，我都会告诉自己
爬过去，前方定然还有路途，我的父亲
正手举剔刀等着我回头的那刻

原野上的星光

起初是片墓地，绕过栅栏，我们可以回到
夜晚降临前的那个傍晚——暮色升腾，
一个赶路人企盼在天黑前回到居所
那儿有一幢阁楼，同伴在离去前刚刚
修葺好屋顶。他需要这样一个容器，
在这无所依凭的原野。很久以前，在他
仍以游荡者的身份穿梭于昼夜交替之间
墓地的老人就曾教诲他，跨过那道
栅栏，没有一个孤魂会因边界而受限于此
原野尚有无数未及抵达的角落泊有同伴
他需要交换，用一种孤独覆盖另一种孤独
像藤蔓，把所有隆起的土堆都织入网中
而他，那座阁楼的继承者，仅仅是因为
同伴的提前离去而错过了归期。我不得不
怀疑自己的离开是否正确，像那个老人
告诫过的那样，两个孤独的灵魂
在碰面前就要做好，同时消散的准备

虚拟生活

我以为我回到了家园，妻子在灯火旁忙碌
一束月光，是接引我们通往彼此的桥梁
它因纱窗而阻隔在时间之外。我看着她，
就像年轻时的母亲，牛奶和谷物已经不能
填充我们的生活。我需要拉开窗帘
让一个女人重回二十岁的月光，
从细碎的生活中析离出上升的部分
——那些我曾承诺过的糖分
至今尚未溶解。遗憾啊，女人们日复一日
离开我们身旁，像飞鸟，像游鱼，像
幽谧的波纹涤散后又转眼无踪。我想起
那些快乐如云烟般的日子，月光从窗台
漫延至我们的双足，像一小块云朵的白
压住了整个房间的不安。那时的我
以为找到了家园，只需一小片月光就能
填满整个生活

夜雨听春

我以为我找到了庇所——一株老树，
一间卧房，还有伸出窗外的枝丫
像一个人未及收拢的双腿，夜雨
随时都会打落他的脚背。很多时候，
孤独就是来自这种猝不及防的碰撞
我看见细微的火花正向树梢蔓延——
春天就要来了，我的庇所还会恒久吗

落雨时，风会从另一个方向吹来
以期避开正向内收缩的躯干。它需要
积蓄足够的力量用以撑开头顶的巨伞
这不是腹中那个人类所希冀的，一株老树
理应成为完美的庇所，沉实，中空，
像寺庙一样度化过往的游客。而我
只是刚刚抵达，尚未剃度，就已
听到了春雷的滚动

白　鹿

梅瓣在它脚下升起。起初是朵彤云，
积蕴过后，天空垂下了细密的雨帘
我们划离岛心，朝着岸边驶去
"你有没有见到那只白色的雌鹿？"
"没有，但我看到了白色的鹿群。"

如何在群鹿中分辨小安描述的那只？
一朵梅花瞬间浮现在我的脑海
——它的确有区别于同类的特质
这和小安所说的颜色无关。显然，
她有意隐去了重点。如果我告诉她
那朵褐色的梅花和她身上的印记
如出一辙，她还会不会
在鹿群中朝我独自奔来？
靠岸在即，我拉了拉衣襟，那儿
也有一朵梅花，只是我没有告诉她

锦 簇

一团花簇对灰白的想象止于春日
当蚂蚁们开始为越冬准备粮食，秋田
在夕阳下收拢自己的金黄，你所期待的
色调已然悄悄蔓延。这也是衰败的一种，
万物褪去躯壳的仪式。只是你仍未
察觉到，一个新的轮回才刚刚开始
——荷尔德林的树叶呈灰褐色，而
辛波斯卡的窗台摆满了鲜花。他们同样
对色调拥有着近乎痴绝的苛求
这是一首诗所不能抵达的美。于是，
你也开始豢养那些陌生的植物，并期待
从中开出属意的颜色。这是他们
没有过的尝试，也是众多路径中
最有可能抵达的那条。只是为时尚早
你仍需等待一个，不可确定的花期

下　山

巨石从山坡滚落，夕阳下，
西西弗斯有与我相仿的表情——
怎样，才能在下山的途中完成一次
自我安慰。循环，不过是为了印证
无意义之美，而作为惩罚
一只没有棱角的石球显然不够严厉
它让我们拥有了喘息的机会

中途，我想到了父亲，在他把
石球传递给我们，并明晰
这种无休止劳作的深意时，可曾预想过
我此刻的困惑——如何在陡坡的切面
为巨石找一个支点？藤蔓遮住了
西西弗斯的双眼，他仍有
耗之不竭的力量推动巨石往返，
直至山体崩塌

何以为家

离开的人事又逐渐回到了眼前
像许多条纵横交错的幽径，始终没能
绕开这片树林。有时会以为
归期将至，所谓坦途也不过是门庭之一
而我已许久未见，那些送别时
又约定回返的背影。他们都去了哪里？
一条指向不明的道路会不会通往
另一扇门窗？落叶回旋，我听到了
落锁的声音。当母亲们再一次
从林中走来，腹中的胎儿已能记起来路
——回去吧，那间无数次徘徊过
却未能留下羁痕的居所。它仍矗立在
树林的中央，等待一个又一个
离开后又承诺回返的旅人，周遭
是大片的空，以及空所带来的回响

海滨之夜

时间是三月，某个晴好的夜晚
我们在海边漫步，那儿有一排礁石
你在选择的时候产生了犹豫
一块短暂的栖息地，多么像你
刚刚描述过的生活。我们必须在
海风和苔藓，或者，潮湿与幽暗中
作出选择。甚至它还会弄脏你的白裙
当然，你也可以选择继续前行
如果我们还有足够的信心

海风并没有催促着你做出决定
它在忙于自己的事情，大海吞吐着波涛
一蓬又一蓬的海浪，在礁石上
开出绚丽的白花
仿佛感受到了它们的疼痛，终于
你在轻颤过后又重新向前走去
多么简单而又艰难，黑暗中
我们同时松了口气

我的妻子

购置寓所时，我们选择了
无人问津的顶层。她知道，一个对天空
心怀憧憬的人，更渴望缩短与它之间的距离
因此，一小片阳光充沛的天台，豢养了
我想象中应有的植物：蓖麻、石楠、玫瑰和
一丛凤尾兰。它们和我一样，都有
倒钩向上的突刺——一根根指向天穹的
尖棱。我的妻子代我照顾它们，像抚慰
自己的孩子一样，给它们浇水，施肥
修剪多余的花枝。我感受到了这种
无声的暗示，在爱和母性之间，植物们
开始变得温驯。它们不再会为
留存一朵花冠而刺伤女主人的手指

一切与我所见相左，我的妻子仍会在深夜
为我感到担心。她浇灌着我，日复一日
拔去我体内的突刺。在每一个佯装
熟睡的间隙，我都想剥开我自己，给她
看一看，那些蜷伏在胸膛，尚未
弯曲的肋骨

插叙和引文

人生过半，很多故事的结局都已成雏形
但凡事都有例外，比如爱和隐恨
在繁复交替的过程中生生不息。如果从
故事的尾端向前倒推，你还会不会
在夕阳中等待那个已经到来的人
至于篇章和页码，仍有不小的改动空间
但事实是，一条主线的偏离总会引入
另一个新的故事——他从你身旁经过，
在你转身的瞬间却下起了大雨，
有人递给你一把雨伞但你并未拒绝
事情就是这么荒诞，但它仍旧发生了
就像夕阳下这场突如其来的雨，未尝不是
你心中企盼已久的甘霖。同样，
他与你擦身后避雨的屋檐，一蓬地莲
也正散发着淡淡的幽香

村庄简史

起初是一片水洼，歇脚之人在此汲水
关于未来，天光和云影让他们有了新的想法
牯牛在不远处啃食青草，一匹老马驮不动
一个氏族的行囊。再次启程或是
就此扎根？平原的钟声让黎明提前醒来
他们有过一段无从考证的辉煌过往——
硝烟与战火，踟蹰和迁徙，流水抚平了
一个姓氏的尖棱。于是，他们在此挖渠，
从湖泊引来活水和游鱼。也有人绕山而行，
在背阴处寻找合适的墓穴，一张断弓和
无光的剑戟，这里尚无巡狩之虞

年轻的后生袒露脊背，烈日下，汗水和
泥土交融，只有耕作让人稍感心安。而当
流水伏于土地，繁衍不再为流离打断
我的祖先们甘心囿于此地，为一片稻田而
驱散马群，有谁还记得那张断弓和剑戟？

真相被想象日益覆盖，命运在岔口处伸出
新的枝蔓。泥瓦匠、木匠、厨子和贩夫，
技艺让村庄日趋具象。他们从不探究氏族的过往

就像拥有相同姓氏的人群，因好奇而

群聚于此。没有人会在意一条河流的前世今生

仿佛它理应在此，倒映出天光和云影，等待

一群人在数百年前经过

换牙的男孩

高山耸立，中间是被绿荫填满的豁口
——世界正在生长，我听到了板块位移
的声音。哦，孩子们已然蹬上了
父亲的肩膀。在更高处，他们将会
看到什么？一切都在我们的视线之外
——大河，流岚，被雾气遮住的山峦
还有一粒粒隐没在深空的星辰
他们再也不需要父亲的光芒，像一盏盏
即将拧开的微灯，随时都有
照破樊笼的可能。这是我们的孩子，
小小的世界中心正孕育着一场风暴
你要学会熄灭，因注入太多而溢出的
灯火，并仔细倾听，风暴席卷过后的寂静

一　天

最后一片落叶被风吹走，我想到了希尼
那个在树林里独自取火的男人，会不会也
感到孤独？木屋就在不远处，他有
一整天的时间可以用来出神。为此，
我用一封信的头尾部分，记录下了
这个伟大的时刻：1939 年，都柏林街头的
一枚浆果突然掉落，若干年后，它的果仁
又回到了德里郡的枝头。这是爱尔兰
北部的一座小城，漫长地想象和等待
每天都在发生，我在信中闻到了浆果的
香味，但仍无法从大片的空白中认领
被隐去的那天——大风吹走了落叶，落叶
被用来引火，一个男人在火堆旁
铺展开信件。他也闻到了浆果的香味，
并回想起若干年前的那个夜晚，他曾在
一株果树下做过短暂地停留，只是
那时还没有爱尔兰

海边城堡

如果一切如电台播报——阵风六级，
浪高两米。那么，沙蟹就不会在
这个时间登岸。红螺，紫贝，一只盘旋在
低空的鸥鸟，时间不如我们预测的那样准确

而作为偏离部分，一蓬海水在礁石上
开出了绚丽的白花。你把长裙小心收拢
赤足走向，岸边的那座城堡。海风和巨浪
构成了另一个切面，你必须绕过它
回到最初的那条直线。但显然，
时间并不允许你做出多余的选择
长裙像一条游动的鱼尾，露出你
敏感而羞怯的鳞片，它闪着光
在城堡和沙滩间勾勒出优美的弧线
海浪就要抵达，追上你移动的尾光
别害怕，这只是虚构的一种，就像你
竭力返回的那座城堡，同样
都是预测谬误的部分

异梦录

一条路的岔口通往两边。在此之前，
你从未对选择产生过犹疑。关于未来
无非是一枚硬币的正反两面
小径让你徘徊，而大道亦有风光无限
我在原地，等你做出最后的抉择

很多年前，我也遭逢过类似的境遇
父亲让我在他和母亲间做出选择
——一枚鸡蛋，如何在入锅前析离出
它的蛋黄？微风浩荡，只有夜晚还记得
那个少年的悲伤。现在，命运再一次
把骰子交到了我的手上。不同的是，
我再也没有孤注一掷的勇气。一条路的
岔口最终通向何方？你在停顿后又
缓缓启步，仿佛一个世界的边缘
都在收拢。我又看到了那个星月无光的夜晚
一个少年，在黑暗中摔碎了一枚鸡蛋

川中马事

踢踏声源自我对未知的想象
当它们朝我走来，厩棚里只剩下一匹
瘦小的马驹——它还没拥有自己的舞鞋
生铁尚未钉入趾掌，整个马场
只有它是完整的。主人在河滩旁
生起篝火，出于本能，群马始终和我们
保持着安全的距离。鬃毛披垂，
一群马安静地伫立在我们周围，很快，
黑夜将它们与自身融为一体。只有
轻微的喘息声让我心神不宁——
仿佛一群人在黑暗中，看着另一群人
彻夜狂欢。是什么让它们如此淡漠
不发出一丁点声响？就连预想中
沉重的鼻息都没有出现。四围阒寂，
人群陡然爆发出一阵欢呼
主人将在天亮后带我们踏马远游，
传闻中那片孕育神灵的草原。只是，
这个动人的夜晚，我的脑海里闪现的
只有一匹瘦小的马驹，和它干净的四蹄

木匠的一生

父亲在瓦盆里洗手，鲜血殷红
像一轮朝阳从水中升起。是的，
天才刚亮，这是他第三根
被刨刀削去的伤指

我抚了抚白皙的右手，二十年前
它应该正拿着支削好的铅笔
——细长，尖锐，有墨色的反光
如今它敲击键盘的时间要远甚于
握笔。但又有何用？
刨刀的轰鸣像一记响亮的耳光
它给过我最好的教育

雪落往何方

落在山顶，它让群峰变成
加冠的孝子。落入河床，
它让游鱼免受捕捞之灾
也有一些落到了我们身上
像盐粒，有细碎的切肤之痛

我所疑惑的是，那些
不曾目睹的角落，它们会以
何种方式，领受这人间的恩德

捕梦者说

那个在梦里盗取快乐的人总会在
醒来前又回归沮丧。不是每个人都能
在虚幻中攫取有益的部分，他只是
从一座山的阴面翻到了它的阳面。而我
则在频繁地翻转中听到了崩塌的声响

堆垒一座山的难度往往要易于摧毁
就这样，我一次又一次从梦境中醒来
并把翻越的技巧带回了现实。我因此
而学会了拆解，从一座山的底部开始，
瓦解那条并不存在的地基。有多少人
像我一样，为一个从未得到印证的答案
而反向推导？一切都朝着既定的方向
进行，在没有人醒来之前，我们都
做着相同的动作——翻越，迂回，再次
翻越，直至山体倾圮

参照物

灌河在激越地奔腾后又渐趋平静
一个赶路人行走在它的左岸，时间在他右侧
只要愿意，他可以随手摘取一片树叶抛入河中
以此知晓流水最终会带他去往哪里
但他并未这么做，而是在中途停下，搭乘
一只过往的舟楫反向而去。此时，
时间已从他的右侧绕到了左侧。他再无可能
以投石问路的方式判断最终的去向
——他已失去了自己的踪迹，一个赶路人
在行走的途中偏离了初衷。而一条河的
源头和终点，也产生了细微地交错
哪里才是它真正的尽头？即便所有的河水
都汇聚一处，那也不过是枢纽之一
逐流者已返身而去，只有两岸葱茏依旧
时间均衡地悬停在它们四周，像一面
巨大而直立的镜子，闯入者从来
都只看到自己的侧脸

河阜头记事：猫之命

河阜老人为离人吹曲时
我才九岁，尚不知命为何物
只有年迈的祖父在屋檐下
望着一枚落叶发呆
同样的表情，我在一只猫
的脸上看到过。这距我
知道它有九条命还隔着数年光景

一条大河将我的村庄一分为二
我在下游，在邃僻安静的夜晚
目送过星河远去
也曾试图，在一只猫的脸上
分辨出不同的表情——有时
是我逝去多年的祖父，有时
是我疾病缠身的祖母，还有次
是我妻子腹中待产的胎儿

初始之日

故事要从那个黄昏开始讲起
——我的母亲在田埂歇脚
巨大的排云在天边翻涌，晨昏星
升起，一天的终结开始显现
她没有起身，稻穗散落如黄金般
刺目，一个女人的收成在秋天
格外耀眼。如果时间可以回溯
花朵和果实退归枝头，我的降生
在命运里重新摆动，会不会
让一个少女在日暮前看到晚霞？

夜雾如浓墨般散开，我的母亲
终于起身，长长的虚影从田野
抖落，星月映照着她头顶的
花冠，一如最初时日

丛林手记：异类

一只蜥蜴在太阳底下缓缓爬行
它的对手是整片丛林——那些
以体温阈值为依据的数据，像一道
拦截线，禁锢了它动物性地舒展

恒温动物的优势是否在于种群数量的
领先？阳光下，一只蜥蜴的出路
变得不可确定。它也有它的同族
——阴影下为调节体温而保持静止
的避光者。这是维系族群关系的
一种方式，相对而言，平静和退让
让它们获得了更大程度的自由以及
繁衍机会。不得不说，智慧
让丛林区分出了动物的另一种属性
像这只正在爬行的蜥蜴一样，因为
一阵毫无来由的心悸而隐藏了自己

丛林手记：同类

一只猿猴和人类的相似之处在哪？
清晨，我和一只猿猴在木屋的廊外相遇
它将手中的坚果放下又拾起
灵长类动物的属性让我们很快
收获了彼此的信任。这是这些天来
从林生活给予的奇妙体验——一切
以推翻人类学的方式进行重新定义
从猿类到人类的进化需要万年，
而人类精神的返祖却在瞬间。这是
一只猿猴向你投以凝视时的直观感受
你们同时放下心中的戒备，并对彼此
抱有好奇。当一个种族同时站在
过去和未来的天平两端，那么时间
必然展现出了其伟大的一面，所有你
亲历的一切，都只是它折射的一个点

在雨中

闭馆前，安娜完成了最后一支舞蹈
她的男友在台下默默鼓掌，掌声在
空旷的剧场来回游荡，像一对
即将分别的恋人，急促而无止歇之意
我所描述的故事才刚刚开始
聆听者的过度想象让我陷入了
愚蠢的境地。但这并不
影响事件的发生，布鲁维克的雨
越下越大，两个年轻人在雨中奔跑
他们的方向与我一致——临街的酒店
或者尽头的深巷，一个可以
避开人群的地方。我在酒店的朋友
已先行离开，留下一件洇湿的雨具
他什么都没有带走，像那对情侣一样
只身走进了雨中

爱的多重性

过量的阅读为我设置了重重关卡
当我翻越一座山峰来到它的背面
我所置身的空间必然有了新的维度
像我经历过的那些，刻骨铭心的
爱恋，无一不在提醒着我——
爱用它的繁复，证实了自身的多重性
但我并未因此而感到羞愧
一扇门窗的洞开为我引来了星月
它不会因为人类的复杂属性而有所
偏视，它已看到过太多，不同轴线
的会聚和背离。我们只是爱着，
在崖壁和缝隙中寻找平衡
我想起我痴迷过的恋人，那坨明媚的
腮红，在庸常里闪烁着奇异的光芒
像一条狭长的海岸线，泊满了
过往的船只

悲伤的女人

一个女人的哭声在列车里回荡
她该有多无助？才会在这狭闭的空间
袒露自己的悲伤。我曾在一辆
破旧的自行车后座，感受过一个母亲
的绝望。世界遗弃了我们，
在它斧雕刀凿的侧面。但我们最终
翻越了那座山峰，有多少人
和我们一样，在悲伤与悲伤之间
获得了意外的慰藉。但我不能告诉她
这些行将发生的秘密。像一把
环闭的锁扣，持有钥匙的人
永远在沉默中等待。这也是我为何
在一列啜泣的列车中，写下这首诗
的原因

不安之锚

你所描述的巨锚如今又
出现在了我的梦里——
这是不是意味着，命运之船的
再次搁浅？像你经历过的那些
荒诞一样，风暴总是从海底
的漩涡开始升起。勇气并非
一无是处，它让我在等待和不安中
看到了结局。这和你的描述
有所出入，我的锚还悬挂在
高耸的桅杆之上，它没有下沉，
在风暴来临前的一刻。
我无法形容我内心的平静，
像一枚指针即将停摆的征兆，
充满了寂灭的欢愉

断　崖

北风从西面开始攀登，呼啸声
在我头顶飞掠。我无登顶之心
但能想象，一只飞鸟在高空
俯瞰群山时的心情。我也有过
类似的境遇，那是在 64 层
时代大厦的天台，望着一枚落日
在崖尖打滑。群山寂寂，只有
几只飞鸟从地平线赶来
我钦佩它们，敢于和时间抗争的勇气
但也深知这种徒劳。当我的旧友
从时间的另一端起身返航，他也
一定经历过这种绝望，在攀至
断崖的深处，一枚月亮
静静地悬挂在半空

宽慰之诗

我朋友的朋友，看起来有些抑郁
我们在一起喝酒，他抽烟
吐出蓝色的烟圈，像
人生最后的光环。我们聊到库切
那个以审判者自居的男人，几乎一生
都不苟言笑。他说他活得太累
中年的落日已提前抵达，这没什么不好
壮丽的景观需要赞美。
是不是宽慰之言已无从分辨
酒精让我们变得麻木也更加坦然
至于一个人的开始和结束
都同样美好。我们早就学会了
在沮丧中接受这种欢欣

观照录

"黑暗给我们带来了什么?"
——我想,除了一种静默的孤独
还有些微弱的光芒,被迷雾遮盖
这是我沉迷于深夜写作的原因
很多时候,一扇玻璃窗观照出的自己
要比镜中真实得多。那些在黑暗中
逐渐消泯的事物,与你形成了
鲜明的对立。而你的脸,
甚至那些被人苛责过的晦暗
却散发着奇异的光芒
这多少得益于你的写作习惯
让黑暗本身,对你葆有了善意
面对这难以言喻的善意,你是否
有过自诘?那些如你一样,
深夜伏于案前,在迷雾中探寻答案的人
他们最终都去了哪里?

评事街即景

巷子尽头空空，一匹老马
在黑暗中踱步。蹄声在夜空回响
我看不清它的脸——但能想象
挂在它脸上的悲伤。物与物的悲伤
是相通的，如同我的悲伤
在黑暗中失去了门楣。仍有善迹可循
仍有不可捉摸的喜悦从心底滋生
两个深夜彼此相逢的灵魂
互致问候，并在街巷深处分享
各自的悲伤，跫音阵阵
青石板上布满了印痕，我认出了
其中的一些，那些我叫不出名字的
必然也到达过这里，从我身旁经过
微风穿巷，一些印痕开始消散
夜空中弥漫起莫名的悲喜
人们在睡梦中各取所需。只有那些
醒着的，尚对黎明葆有憧憬之人
才会在暗中细细甄别：一匹马
和一个人的悲伤有何不同

唯有大海可以告诉

老水手波德有一颗闪亮的心
他说：像我这样的老家伙早就该
葬身于大海，而不是像现在这样
絮絮叨叨。说完他指了指不远处的灯塔
明暗交替的光芒映照着他的脸庞：
"你看，大海回应的方式多么奇妙。"

我听到海浪拍打礁石的声音
内心一片澄明。如果这也是大海
回应的一种方式，那么沙滩上
是否会留有它送来的讯息
是那片斑斓的贝壳，还是那几只
缓慢爬行的沙蟹？
老波德的脸上挂满了神秘
他说他等的是一叶白帆

麋鹿归来

一群麋鹿失去了家园，它们在
异国的庄园里啃食美草。时间恍惚
它们的王还在荒野里流浪
烈日逐渐西沉，年轻的布洛茨基
在夜幕下寻找栖身之所。他在诗中写道：
"那个夜晚，我们坐在篝火旁
一匹黑色的马映入眼底……
它在我们中间寻找骑手。"
麋鹿们沉浸于虚幻的美好而对王的处境
浑然不知，荒原的穹顶稠云密布
一场大雨顷刻将至
诗人和心中的敌人进行最后的对峙：
谁才是那匹马的良伴？谁才是
这群麋鹿真正的主人？
疑问像一个巨大而不会反光的深坑
任何试图在坑边探头的人都面临着
跌落坑底的危险，王也如此
它和诗人面对着同样的考验：
是就此返回，还是纵身一跃？
荒野的夜空沉凝如水，一滴雨
在暗处闪烁着光芒，一些声音

在高处低声回荡，一只麋鹿
叩开了虚空的大门

登山之前

作为遗言的一部分，阿冷将
过往的书信寄赠予我。冷冽的文字
似乎让我看到了山顶的积雪
——彻寒之下的孤绝
如果尚有前途，我不免为之担心
折身而返和翻山而过，我也会
和他做出相同的选择。我们失去了
搬山的勇气，在越来越稀薄的
时间面前。现在，我把希望寄托于
一根虚无的绳索，西西弗斯曾用它
系住过一块巨石，在陡坡和切面间
找到了平衡的支点。他也需要
这样一根绳索，在积雪崩塌之前

雾　境

太华山海拔三千，如果从
山脚攀登，那山腰
可能是一个人的极限。当然
也有御空者俯身而行，从
一座山的峰顶掠过另一座山
的峰顶。因云雾遮眼
所见者必定寥寥。作为幸运者
之一，我曾目睹
一个人如何在雾海中穿行
氤氲缭绕，一道霞光自壑底
升起，飞鸟在避让中遗落了
自己的羽毛。它们并没有
消失，而是穿越了那片
虚空中飘浮的雾海

洞　中

为了赢得胜利，我们将身体
掩藏在一处隐秘的洞穴
那儿鲜有人至，腐植的味道
让人心生恐惧。但有微风
从幽暗中抚过身体，这宽恕的
一种，让我们稍感心安
它来自哪里？洞穴的深处
黢黑一片，没人知道那儿是否
还掩藏着另一个出口
沉重的呼吸让我们忘记了迷藏
的意义，仿佛黑暗中一只大手
捂住了我们即将出声的嘴巴
我们就那么坐着，在昏沉中
逐渐睡去，直到黑暗中传来
夜枭的叫声。我们最终赢得了
胜利，他们还是没能找到我们，
直到今天

深　渊

很久没有收到阿冷的来信
可能是一月，也可能是一年
对于时间，我们有着不同的计数方式
以猎户星座出现的频率为例
他在某个夜晚的东南纬度，让我
辨认一条星云的腰带。深空浩瀚
那晚我因醉酒而产生了意识的偏差
当我用惊诧的语气去描述离奇所见
他的反应出乎意料的平静：
"有没有想过，你所认为的荒诞
恰恰是真实的一种？"
他的话让我想起了我们之间，一段
关于深渊的论述。我曾告诉他
当我独自一人从山顶俯瞰大地时
看到的是一道幽深的入口
他说他也有过类似的经历，那是在深夜
抬头凝视星空的时候

去南方

去南方看望一位失联已久的朋友
因为居无定所，我始终徘徊在他
曾经羁留的地方。木门前挂着
两盆吊兰，很显然这里已经易主
我想起多年前我们在院中喝酒的情形
——头顶星辰密布，偶有一两束星光
落入碗中，让我们如获至宝
他说这正是他愿意客死异乡的原因：
当所有的人事都变得了无意义
还有天地间的关怀让他得以继续
我无法理解他内心遵循的戒律
但对那晚，酒桌上摆满的空瓶
充满了怀念，我们喝下了那么多的星光
却仍会在黑暗中感到不安

黑色迷雾

年轻的斯图尔特并没能摆脱

命运的掌控。他说他置身于一片

黑色的迷雾，每当有光照来临

他都会蜷缩到雾气深处

当一个人习惯于幽居黑暗

他也就成为黑暗的一部分

写到这里，我的心中忽然掠过一丝警惕

黑暗的确拥有让人无法抗拒的诱惑

像我时常在深夜打开窗户，不是为了

接引一束光，或者一阵风

而是探一眼那深不可测的洞渊

迷雾覆盖了它的底部

就如斯图尔特所说的那样

那里有我们一生都未抵达过的尽头

去马赛

迁居巴黎前，安托南·阿尔托在马赛
生活过 24 年。一个悲观主义者的太阳
在海边冉冉升起，但大船尚未拔锚，
我仍在边地的一隅等候鸣笛。只有鸥鸟
偶尔从我窗前飞过，像一粒白色的盐，
被海风吹来。这也是致使我
决定前往马赛的原因之一。当无数颗盐粒
向我扑面而来，它所携带的气息
让我误以为置身孤岛，而岛的周围
是那个悲观主义者缓缓沉没的太阳
为此，在鸣笛拉响前，我就做好了
被光芒灼伤的准备。它只能带我驶离
而非远遁，马赛依旧在炽烈的高温中
保持冷却，这儿有最大的海港
以及所有因灼伤而选择回航的船只

恋人与光

让剧场安静下来的是安娜，让安娜
平静下来的是灯光。舞台中央，
数十道光芒会聚一处，有那么一瞬
让她误以为置身云端，脚下
则是万丈光芒。观众们对美的理解
不一而同，但掌声仍旧让光芒
铺展到了场外——那处僻静的角落，
也有两点星光向外蔓延。我见过它们，
并想起多年前安娜讲述的那个故事：
当恋人们不再身陷于情感的泥淖，
他们的眼睛就会升起星光，并被
彼此的牵引溢出眶外。剧场外
一片黯淡，唯独星光越飘越远
如果故事属实，那它们的主人一定是在
寻找另一双眼睛未果后，就再也
没有离开过

倒　叙

多年后的一个夜晚，母亲
在雨中等我。我们打算
从这里重新回到起点

星光黯淡，我们需要穿过
一个幽暗的时代。所幸
这些年我们体内的光芒还在
它以一种悲壮的方式，举着火把
在雨中逆行
时间下沉得缓慢，仿佛一切
都在向着原点靠拢
我感受到了母亲的颤抖
或者战栗。她还没有准备好
以何种方式，失去她的儿子

梅耶情人

1848 年春天，梅耶收到了最后一封信件
她那骄傲的丈夫死于一场动乱。彼时
她正在多瑙河畔的木屋缝制一件皮袄
尾针刺破了手掌，但她并没有察觉
窗外郁金香开得正好，
三个孩子围着风车嬉闹
他们还没有意识到自己失去了父亲
那个手捧诗集的年轻男人
他将其称为火焰，又或者太阳
梅耶并不能理解这些，但她爱他
这就足够了。生活仍在继续
此后的一生，她在失去至爱的哀伤中
都没有失去希望。她知道
自己获得过祝福，这与信仰无关

夜的光辉

太华山随落日往西倾斜
山影被一点点逼回体内
如果你站得够高，就能发现
它的下沉之势甚于日落
群星携月而来
夜幕下的光辉正冉冉升起
有别于白昼的明媚，此刻
万物都在竭力收拢
尽可能腾出更多的裸土
用以接收，这些散落的光粒
一夜何其漫长
它的光辉在升腾中缓慢溃散
时间与疼痛是对等的
那些蜷缩在夜空下的身影
没有发出一丝声响

寂静之塔

它发出过的信号一定比
接收到的信号少得多，这是一切
沉默的根源。入夜
一个酒鬼栖身于塔下，他的瞳孔
因酒精而开始涣散，南十字星的光芒
在他身上映射出一个清晰的十字
他觉得自己无限接近上帝
这个发现提醒了他，在他和上帝之间
必然存在着某种媒介，可以让
一些隐身在暗处的事物为己显现
于是，他开始陷入沉默
像头顶的那座塔一样，为保守这个秘密
而终生放弃了抗辩

关于蒙昧

长时间凝视夜空，会让我
产生一些离奇的想法。比如
一颗星，如何在乌云中隐藏自己的光芒
一束光，如何在人间找到
那个等待摩顶的人
有时我会羡慕那些蒙昧的人
常常在无意间获得馈赠
有时是一阵风，有时是一道闪电
有时，是一场突如其来的灾难
而聪明人总是在歧路上越走越远
他们掌握了人类的大部分技能，并懂得
如何在极境中找寻出路。对此
我始终保有足够的敬意
但从未想过要与他们同行，尽管
我等候的闪电迟迟未达

第三辑

鹦鹉螺号

万　象

鲸柱被截断后，仍有拖行大海的余力
一个独居旷野的人并不知道，麋鹿
会出现在下一片沼泽。而马群，
则会在奔离牧场后又绕回到新的栅栏
——我们都需要一个边界，用以框定
那些因造物主悲悯而错置的自由
鲸鱼，将再也游不回它的海域。麋鹿，
也会在偶遇中失去栖息的家园——
这并不是那个旅人想要的结果，星光
和天籁给他以安慰，蹄印和鹿影
却因他而远离。只有跨过沼泽，他才能
见到安居于栅栏的马群，这温驯的，
被疾风抚平的波涛。如今歧路已现，
他需要像那只逃离的麋鹿一样，以一颗
戒惧之心，矫正群马犯下的错误

鹦鹉螺号

后来，尼摩船长归岛隐居
尼德兰和阿龙纳斯教授也随之离开
故事至此，鹦鹉螺号也应该被卷入漩涡
不复再现。但事实往往与书中相反，
有人在漩涡的另一端也制造了一艘潜艇
并自诩为艇长。搜集和巡捕不再是
首要任务，它时常穿梭在人们的脑海
有时你会看到一个巨型光团，纺锤般的
造型，它要带你驶离原有的生活但你
并不同意。尽管大多数人的抗拒让它
收获甚微，但仍有一小撮人在挣扎后又
驾船离去。他们都去往了哪里？
作为一个登船后又回返的归人，
我有责任要恪守心中的秘密，包括
那艘巨艇，当它绕过漩涡又回到原点
是否还愿搭载，那些拒绝过它的人

假如你吃了无花果

"把幻想的时间用于赶路。"埃里克斯
在书中找到了这句话。遗憾的是，
妈妈再不会为他做出解释。很久以前，
当他从枝头掉落一个女人的腹中
并没有听到多余的回声。世界总在
引导着他成为一个完整的人类
而不是一枚果实。这和悬挂枝头的
榕属植物不同，他学会了思考——
如何以一个女人子嗣的身份重回枝头？
起初，妈妈并不会为孩子的怪诞行为
感到担忧，一枚甜糯的果实为她带来了
片刻欢愉。这真相的一角，从一棵树上
腾挪到它的源头。"埃里克斯"，姑且
以人类的方式为他命名，这只是众多
称呼中值得应答的一个。假如你也
从一棵树下经过，并听到细声的呼唤，
请不要认为这是种巧合

从维也纳到威尼斯

"帽子能为我遮阳，而冰淇淋却改变了
我的命运。"如果有人问我，41.9公里和
一条铁轨之间的关系，我会告诉他
这是阿尔卑斯山脉锁骨的距离。从维也纳
到威尼斯，巨石垒起的栈台爬满了苔藓
一列火车从此经过，它与群山的峰顶
呈掎角之势。如果就此静止，则车腹内的
旅客就拥有了众神的视角。曾有人
搭载过它往返于两个国度，却因昏昧的
沉睡而错过了沿途的风景——
比如那只巨鸟，如何载着羊群飞往高空
再如那个男人，日复一日推着滚石上山
没人思考过它们之间的关联包括
一列火车，为何能在疾驰中
不发出一丁点声响？旅客们在睡梦中
度过了玄奇的一晚，从威尼斯到维也纳
也需要经过众神的府邸

梦境与困境

梦中，我与一头金色猛虎相遇
斑斓的花纹彰显着它远超人类的体格
我决定以智慧取胜。于是，我缓缓后退
"人类，你有没有遭遇过
无法走出的困境?"它的声音让我
不由自主地停下了脚步。造物主再一次
用事实证明了智慧的无限可能性
它的问题让我暂时抛弃了物种与物种
之间的界限，无数的碎片和答案
在脑海中漂浮不定。我想到了一个近乎
悖论的可能——会不会所有的困境
都来自事物的内部，一个悲观主义者
所虚构的栅栏?
很显然，答案并不是唯一的
我和金色猛虎同时陷入了沉默，在这
漫无边际的梦境中。似乎谁先开口
谁就失掉了出口

马厩之灯

一匹马在黑暗中奔跑，途中
它错过了多个可以歇脚的村庄
那里有堆满草料的马槽和可供
休憩的厩棚，因为有了人的羞耻之心
它对陌生的占有产生了本能的抗拒
这是一个良好的开端，许多动物
进化的起源来自模仿，而人类
远远没有到达终点。它的抗拒
不止于此，夜晚的村庄漆黑一片
人们在睡梦中又一次完成了倒退
而夜空星光点点，它们目睹了一匹马
如何成为种群中的孤独者。而种族
赋予它夜视的天赋，却在逐渐退化
它的速度慢了下来，它在寻找
一个可以容纳星光和明月的马厩
它的主人并没有意识到，一盏干涸的马灯
会给他的马带来如此巨大的不便
它的同伴们从不需要这些
遮挡风雨的棚顶，已成为阻碍它
望向星空的桎梏。它的步伐越来越慢

它的视力还在退化，而四野茫茫

除了头顶，遍地都是它的蹄印

过　隙

一个人要接受多少光照，才能蓄积
足以抵对剥蚀的力量？一条河需
流经多少疆域，才能汇入以博纳著称的
江海？在此过程中，日月会小心翼翼地
收敛自己的光芒，山峦也会在必经处
阻截过往的水线。我们将这种安排
统称为天意——不以万物意志而转移的
伟力。夜行者不知凡几，但罕有人
能在黎明前走出困厄。入海者多为
大川，径流们都枯竭在了半途
事实证明，时间预留的缝隙并不宽敞
我们穿行其间，以极微的概率争渡
那扇窄门，遗憾的是，天意终非人力
能违，我们依旧无法揣度，
掷地的骰子最终会停摆在哪面

大海的脸

让我在黑暗中意识到自己处境的
是咸涩的风，它有大海的气息——
一缕弥散后又重新凝聚的硝烟
浪花们都碎在了岸边，唯独漩涡
还在深处打转。我骑乘的白帆
已越过重洋，抵达罕有人至的
暴风之岛。礁石如林，
一张张犬牙交错的巨口吞吐着波涛
我要像在陆地一样，用一道
泥石筑成的堤坝拦截水线。当暴风
从四周涌来，我将在岛屿的中心
升起白帆，它曾带领我驶离陆地
也会在莫测时，携我重回原点
——而一个在大海上长久漂泊的人
会窥测到什么？有时我抬头望天
有时我俯身探海，看到的都是
同一张脸

大航海：发现

琥珀、麝香、肉桂、胡椒，对等的是
黄金、白银，和精美的器具。以物易物，
达伽马从非洲归来，带回的是文明呈现的
另一种方式。如果熟知这段历史，你会发现
"价值"一词的由来非关乎其本身。正如
达伽马发现了印度，印度也在闭塞中发现了新的人种
而作为交换之物，所有的价值都在秩序之外
被重新裁定。世界同样如此，一张海图的蓝色部分
遮掩了所有的罪恶和暗礁。而贸易仍在继续
在岛屿，在港口，在那些看不见的水底

碧波上，一叶白帆向前伸展。领航的导游
在介绍时用到了"发现"二字，从欧洲到印度需要
绕过好望角，而从印度到欧洲只需要绕过一段历史
并非他们善忘，火药在海底留下的旋涡至今
仍未愈合。深海的鱼类从不游近这片区域，
它们还保留祖先的记忆，当风暴也不能阻止一支船队
觅食就变得不再重要。只有深渊在海底无限扩张
从一个世纪到另一个世纪。海盐的气息扑面而来，
作为交换物之一，它曾拥有与金银等值的身价
达伽马惊异于它的价值，像另一种发现，

勾连起两块大陆间的又一次远航——如同
香料在欧洲掀起的飓风，贵金属也在非洲定义了
货币的取值。而一切易物的判定都源于
对共同价值的认可，包括战争和掠夺。因此，
当一名印度导游的叙述接近尾声，整片海面
都响起了游客们热烈的掌声

海鸟和漩涡

涛声渐远，水手回到了陆地
如果还有什么值得留恋
想必是那只尚未触底的锚
海有多深？一艘倾覆的巨轮
可知一二。老波德甩了甩头
这不是他想要的答案。红嘴鸥
掠过船舷，洁白的身影
像一叶帆。他有一种错觉——
大海的亡灵一直都在，有时是
海鸟，有时是风暴的漩涡
至于海鸟和漩涡，无惧死亡
的人早已做出了选择。水手们
陆续登岸，灯塔下的影子
缀满了羽毛，大海的哨声在
远处响起，他们还没听到

乌有乡即事

有时我骑马，越过高峻的群山
却被一片草原所阻。有时我乘舟，
横渡湍急的河流，但被溪水截停
更多时候，我在一张纸上标出
那些走过的地方，它们看起来像一个圆
红色的靶心仍禁锢在空白处
有谁曾到过这里？莽原、雪域，或是一片内湖？
一只飞鸟的影子倒映在天空
因为过于虚幻，穿顶的高度被无限拉低
我甚至看到了那张戏谑的脸，漆黑的
瞳仁闪动出狡黠的光芒
是时候该折身而返了，抵达的意义
也不过是在空白处画下一个更小的圆
而我需要的是那个点，一粒落地后
复又融化的雪

气象学

落日晕红，霞光四散而开
有人预测，西南向的山麓
会有大雨倾盆。这和此刻的天象不符
积雨云尚未成型，一队行人
刚过山脚。如果所测无误，
他们将在抵达前遭遇一场盛大的洗礼
有多少人为这场雨水准备了雨具？
为了印证谶言，临行时我只身出门
像那些赶路的人一样，为一襟晚霞而
奔赴前程——一个莫须有的终点，
会不会在大雨落下前就开始显现？

事实是，积云无处不在，早在你
出发前就有人折身回返
只是你没有认出他，那个向你
做出预测的人

造物记

我需要一块石头，在堆垒成山的
进程中，它是最初的起源。当然，
草木也不可或缺，但不必计较种类
足够鸟兽藏身就好。泥土和溪水
自有天授，我要做的，是在入冬前
挖出引流的沟渠。大海和湖泊相连
但没有一条路径是自下而上的
它们之间，需要一座隆起的山峰
用以打破，地势之差带来的桎梏
大海也可以流向湖泊，而一座
凭空而现的山峰是多么必要。因此，
临行前我就做好了一去不返的准备
在没有找到那块石头前，我随时
都有成为它的可能

水 手

他们在欢呼胜利，在破旧的
帆船上频频举杯。只有尚未经历过
死亡的年轻水手才有这样的朝气
老波德将杯中的红酒倾入大海
一种鱼鳞般的反光刺入眼睛——
多么平静，仿佛它从来没有
吞噬过生命。年轻人们在甲板上
挥舞手臂，鲜活的力量就要穿过
他曾经逃离的部分，一片褐色的云
和被它笼罩的曦光——
这闪电的一种，在风暴止息前的一刻
钻入云层。它并没有消逝
像一道闪过的寒光，沾满了
死亡的气息

一株果树

一株果树站在路旁，像一个孕妇
因不能承载自身的甜蜜而弯下了腰
它是在等待，一个瓜熟蒂落的时刻
但这很危险。它必须避开狂风、暴雨，
甚至鸟啄，才能抵达分娩的一刻
我所说的这些都是假设，事实是
果农们会在成熟前，就摘取它的一切
包括新发的嫩芽。所以，你不得不承认
某种循环机制下的不可抗拒性
包括那些果农，会在严冬过后的下一个
春天，购植新的果树，浇灌，施肥
等待秋天的到来。如果一切都如
预想中的那样，或许情况就不会变得
过于糟糕。当一条曲线无法形成一个闭环
那它空缺的部分必然会被新的可能替代
——一株果树站在那里，过往的路人
因一次纳凉而成为果农，为了度过严冬
他们摘下了所有的果实

骑鲸记

大海的栅栏随波涛起伏。一个潜泳者
被送回岸边，哦，我见过他
那个小个子爱尔兰人。他说他环绕过
半个地球，有时泅水而行，有时搭乘白帆
还有一次，他骑坐巨鲸穿过了英吉利海峡
对此我深信不疑。作为交换，我也把
我的故事分享给他：在边界出现之前，
我曾负载过一个人类，那时尚无极境
一次漫长的环游过后，我们回到了原点
奇异的是，他拥有了我的双鳍而我
则代他在陆地生活

叙述至此，我们的故事产生了部分交错
关于那片海峡，和它湛蓝色的幽光
如同一道屏障的裂隙，穿过后
又复归平静。遗憾的是
我们并不知道，边界早已显现
并漫延到了海上

逆时针

衰老带给我的喜悦像一小枝
盛放的玫瑰。因为突刺，
它被孤立在花圃之外。爱美的少女
取走了它的花冠，但余下的根茎
仍让我醉心不已。海明威用它
制成了一杆猎枪，在某个日落的
黄昏射向了自己的太阳。我独爱
卡夫卡，那个在深夜行走的男人
似乎从不担心暴雨会骤然而至
他没有衰老，像早已预知了
玫瑰的结局，在凋零前
把花冠献给了怀春的少女

返身之日

历史的轴线不会因一束光的
折射产生偏离，这是我们怀揣的共识
当一对年轻的恋人在红绿灯前
徘徊不定，那么他们面临的可能是
分别。正因为有过这样的经历，
我对未来的预判存在一定的雏形
——并不是所有的拥抱都意味着
离别，也不是所有的离别都有
再聚之时。当我从时间的一端
返身而回，答案依旧是既定
且不容质疑。但我看到了那束光
在轴线上的投影远比我想象中
要更加深远，它早已为我的返程
做好了准备。像这对即将分别的
恋人一样，朝着相同的终点
奔跑在各自的路径。他们也有
返身之日，在某个不可闪避的瞬间

进化日

如何在阒寂中印证一种声音的存在？
黑夜给了我无数的答案——
一片竹林的拔节之声和一匹老马
咀嚼夜草的声音相得益彰
它们都在与时间赛跑，在不确定的未来
一座山峰会因大地的沉陷又增高几分
而我们，这些在斜坡打滑的砝码
仍会因引力的存在而跌落到
天平的另一端。我们在为谁称量？
幕布后的星辰又侧移了几分，那些
盘踞在高空的第三者又看到了什么？

巨大的沉寂背后我听到了喉结滚动的声音

狩鹿手记

冬季到来之前，你有四分之三的时间
可以用来捕获一头雌鹿。并用它的皮毛
制成暖垫，这样，它的幼崽就能度过寒冬
当然，首先你得换上那杆猎枪
并找到准确的位置，在它越过安全距离
的瞬间，扣动扳机。这和诱捕幼鹿时的
犹豫不同，你必须在大雪封山前
就阻断它寻子的决心。就像父亲第一次
带你在丛林里蹲伏，一窝雪兔并未因
你的哀求而幸免于难——它们救回了你的弟弟
那个尚在襁褓中忍饥的婴孩。现在，
他就在你身后，等待你扣响扳机

一个飞翔故事

如何让帆船腾空，凌越于大海之上？
老水手克里斯掌握了空中航行的技巧
——首先是一尾摇帆，用以托扶
劲风吹拂的巨力；其次是一杆轮舵，
避开穿云时对冲的气流。当然，
一段玄奇瑰丽的想象也必须拥有
它能让你的故事听起来更加精彩
一个水手的经验之谈无外乎如何穿行于
风暴，而克里斯曾在云端看到过
更大的海：长风鼓荡，一座云岛接连
另一座云岛，那些消失已久的同伴
都栖居于此，他们学会了新的技艺
——往一片海中注入更多的水，但
从不溢出。他终于明白
那些被大海卷走的帆船都去了哪里
并非他们忘记了抛锚，而是在风暴
骤起前，就剪断了绳索

帆 影

拥有千帆的愿望始终耽于陆地
很久以前，当水位不足以漫过堤坝，
我们仍能依靠舟楫回到岸边。波涛
起自湖底的漩涡，风力使一杆木桨
拥有了方向。它还不得以左右
一群久居陆地之人回岸的决心。我们
行走其上，脑海中闪过的全是帆影
如果事实真如谶言所述，大海
与湖泊相连，我们终会以漂泊的方式
浮于水面。那么，一叶白帆是否能
成为最后的依仗？愧悔之事在于，
食鱼时从未想过，有朝一日会与它
同榻而居。而尾、鳍依旧为我所喜，
掰开时，帆影又前移了数寸

大地的鼓声

一盏灯在另一盏灯的背后亮起
橘色的光斑像一枚印记，大地因此而拥有了
肌肤的纹理。这是在夜晚，星辰隐匿的时刻
一个潜行者为自己勾勒的想象
如果没有灯火，虫鸣和呓语或许会成为
这个夜晚的边界——总有一些语言需要在
暗处发声。而大地，这面被拉直的曲鼓，
让人倍觉心安。我就是在这样的夜晚
一次次离开又回返，没人知道我经历过多少
因失去平衡而跌落鼓面的境地。有时是
一阵嗡鸣，有时是一段晦涩的梦呓
鼓声密集，只有听觉诚实地记录下这些鼓点
落在了哪里，又在哪里无声湮灭
而聆听者从不出声，像这个谎言的
生成部分，显现后复又消失

虚构与虚构主义

我向我的读者坦述一个事实——
出于某种原因，我在诗中构建的场景
和人物有些并非来源于现实
但我并不是一个虚构主义者，关于这点
我想我有必要进行区分。就在昨晚，
一位异性朋友邀请我参加她的舞会
我为自己僵硬的躯体感到不适
但她毫不在意，诗人擅长的领域在于
语言和表达。但我也写不好一首诗
这让我羞赧。更多时候我愿意一个人
独处，在幽闭的空间里攫取欢愉
就像我刚刚虚构的这个故事，事件的
本身无关真假，它只是呈现的一种方式
在虚构和虚构主义之间，那种不适和
羞赧，仍然不会消失

夜晚的事

有时我听到吞咽的声音
在夜晚，几粒星子从窗前
划过，我的书尚未合上
白色的光晕在暗夜里升腾
我依赖它，这神奇的活物

咀嚼声越来越大，一种
命运突至的错觉让我心慌
是什么让它提前抵达？在我
有限的阅读里没有一种解释
能给我带来安慰。就这样吧，
我想，星火重燃前我仍有
充裕的时间捕捉它的轨迹
——它落在哪里，哪里就有
崩碎的牙齿

共　鸣

小安描述的潮白河
与我所见相左。它安静，萧索
并不会在深夜发出野兽的哀嚎
我在酒店十四楼的窗台凝神
细听——只有一种
万物被落雪覆盖的声音。像秒针
就要走完最后倒计时的恐慌，
我突然产生了吼叫的冲动，在这
北方寂静的夜里

或许小安听到的吼声同样
与此有关。在潮白河边，一群
彼此陌生的灵魂从喉间发出嘶吼
像抵御寒潮来袭，他们同样
都有对被剥夺的恐慌

一头牦牛的想象

作为异类，我曾无数次幻想过
会以何种方式，失去我的土地
——是冰雪过后坚硬的冻土，还是
狂风携来的沙尘。神山给过我指引
也给过我忠告，那些我曾翻越
的山麓至今留有我的蹄印
像一个个沉默的谶言，在无光处
等待印证。还需要多久，我才会
和那个黑暗中孤寂的旅人相遇
他也曾和我一样，透过命运的窗口
看到过风暴。现在，我们怀揣
相同的忐忑独步在各自的路途
并为这，真实而荒诞的想象心惊不已

被大海遗弃的人

飓风携来的红螺有大海的
气息，老波德说他听到了风暴的
怒吼，像某种古老的号角，栅栏
就要在日出前打开。海水
漫溢过我们的双足，一只海鸟
在礁石上驻足，月华如水
我听到了大海的回声。如果
这也是指引的一种，那为何
远处的灯塔仍在晦明不定？
老波德等待的是一道闪电，他的
体内还有引信。大海没有收纳
他的躯体，出港的船只还在海上
漂荡，哪一艘会载有他的灵魂？
海滨的夜晚神秘而静谧，
没有人会知道这里，有一个
被大海遗弃的人

天才者们

1791 年，年轻的莫扎特在维也纳入葬
关于其死因至今众说纷纭。唯一可以
肯定的是，他的音乐带有一种
世人无法理解的破坏性。我曾在
一位离世多年的兄长身上，看到过
类似的共性。他们都拥有常人无法企及
的天赋，在某个特殊的领域
构建出广袤而独立的世界。在那里
他们像太阳一样耀眼，人们为他们的
光芒所折服。但迫于压力，他们始终
保持着恰当的距离，人们需要他们
又惧怕他们。新的法则和秩序
在这种微妙的关系中缓慢生长
直至死亡，宣告了这个世界的崩塌
没有人能描述内心的情绪，那种
哀伤中带有侥幸的羞耻

孤独者们

博尔赫斯在我的书架沉眠
一个远离闹市的偏僻寓所
和他一起的还有金斯堡、米沃什
——这些他生前的挚友或者
精神上的匹敌者。我把寓所搬离闹市
给他们腾出足够的阳光和空间
有时我会听到他们的争吵，在深夜
一匹冷铁质地的流光一闪而过
那是他们的造访者，一个不明身份
的时空来客。他们刚刚完成了一次交谈
语言的碎片还在空气中跳动
我小心翼翼地挥舞手臂，
然而只是徒劳。他们对善意的冒犯
并不反感，黑暗中腾起的光晕
令人费解。我把房间的布置重新调整
并将门窗逐一洞开，冷风呼啸而来
书页翻动的声音隐秘而清晰

悬空者们

阿冷向我描述他的生活状态
用到了"悬空"二字，这与我
前段时间的一首诗不谋而合
当我试图与他再次确认，电话那端
是他长时间沉默后喑哑的语调：
"悬空者们"构筑了精神的壁垒，
他们已经找到了归途。

这不得不让我感到担忧，
长久以来离群索居的生活
让他误以为自己已经脱离了引力
任何带有质量的光芒，都会让他
提前竖起壁垒。然而
星辰和大海的力量并非人力所能掌控
一片落叶的凋零，除了与四季有关
某个瞬间的风力也不可忽视
我想我的形容并不一定准确，
但也有可能，我们都错了

折 叠

金属墙映射出的景象让我想起
多年前的乡下，同样是一片荒芜
却插满了不同的障碍物。那些
我曾搬离的石头如今又回到了
路的中央，它们仿佛变得柔软，
在地面堆出花朵的形状。也曾有
一两只落单的候鸟驻足其上，
在玻璃窗的反光中看到北方的
原野。一切都真实不可辨析
仿佛它们自始就重叠在一起。因此
我惧怕那些光滑的物件，哪怕
一本未拆封的书籍，也能带我走进
无底的深渊——那些先于我们
到来的人，早就在某个不确切的
瞬间，预知了我们的将来

局部世界

水榕，椒草，金鱼藻
换水之后，我给鱼缸添置了
新的绿植。为了达到某种
平衡，我甚至放入了一尾
鸭嘴红鲶。饵食分作两份
细碎的部分掺入沙泥，至于
整饵，它可能是一种诱因
——在不同的鱼种间找出
新的王者。也有温良的鱼类
死于同伴之口，作为掌局者
我的心底波澜未起。多年的
生存阅历让我洞悉了法则
之力，在避无可避的巨口
面前，一个人的结局未必会
优于一尾游鱼

夜　雨

撑伞的人在往回赶，长路漫漫，
骤雨何时停歇。一辆车从他身旁经过，
雨水积地，仿佛蹚过的是一面湖泊
我在道路右侧，一座两层寓所的阳台
夜幕遮挡了大部分视线，但仍能看到
一簇簇欢快的白光在地面迸溅
——久违的平静正从四处向我涌来

如果这场雨水的指向不是一个特定的群体
那为何会有那么多灯火同时熄灭？
黑暗中，蹚水夜行之人寥寥无几
我能猜想到他们的顾虑——
怀珠者必受其累。于是，一把雨伞下的律动
开始变得节制，像一朵浪花拍打着
另一朵浪花。我在阳台倾听着一切
世界已变得越来越安静，唯独剩下
这些浪花碰撞的声音

对称性

从太华山到龙池山，要步行三个小时
从龙池山到太华山，只需两个半小时
半小时的时差佐证了两座山的海拔
因此，当我从龙池山顶望向一侧
总有微微的俯瞰之意。这多像一只鸟
滑翔的途中总喜欢把身体倾向势低的一方
我们学会了观望，像鸟类一样
从高处睨向低谷的眼神。但它们并不如
我们精于算计，能从细微的地势中甄别
需要攀爬的山峰。"无翅者需拄杖而上。"
总有人会在半途折身回返，流水改变了
他们的初衷，当低洼处传来清亮的反光
——一面湖泊或者江河的源头，最先从
山脚开始汇聚。他们拥有了流水的视野，
从高处到低处，再从水面映射出
天空的倒影——多么渺小，那几个立在山巅的人

雨　季

雨水越来越盛，我在寓所的窗口
望着一排排灯火。低矮的光晕
正在升腾，要不了多久，它们就会
爬上我的窗台，成为这间屋子新的主人
就在不久前，我把搬至新居的消息
告诉友人，并对"存在"一词的定义
提出了新的质疑。这和以往不同，
写作带来的困扰没能成为桎梏
而南方的雨季比预想中来得还早
我把门窗洞开，在落雨的日子里
安心阅读，我想总有一种存在能让我
察觉到它的意义。比如雨水，
从窗外径直落抵一个人的心里，成为
庸常中奇异的部分。我感受到了那种
茂盛，寂静中蓬勃的力量。也有
一种指针停摆前突临的窒息，在
绵密的雨幕中悄然生发。而我，一个
恰逢雨季搬至此地的租客，在这样
一个夜晚，听到了存在的呼吸

桉之树

在澳洲，深红色土壤随处可见
你可以追寻一只猿类的足迹
找到一片绿洲。祖先的智慧
不局限于此，他们懂得
物与物之间的内在联系——
如果那株桉树不生长在这里，
那只雌猿也就不会在此受孕

我曾在大陆的南端看到过
更贫瘠的土地，一株桉树的根系
可以刺破地底的岩砾。在这里，
生命的存在充满了对抗性
人们使用工具的同时往往
会忽略它的锋利。但显然，
钝器的作用大于利器
他们掘取水源和必需之物却不会
从一只猿猴的粪便中辨认
桉树的气息

顶点之上

有关心理学中阈值的现象
有两种说法。一是你在人群中
独处的时间，超过了一定的上限
另一个则是，当你身在高处
下意识的反应不是俯瞰大地而是
仰望天空

两种界定的方法同样有趣。我在
十八楼的窗台望向夜空，黑暗中
俯首的顶点不计其数。它们大多
在更高处的事物面前选择了沉默
其中也有几座我曾攀爬未至的山峰
它们在群星的笼罩下让人心生怜悯
这些早已突破阈值的存在曾一度让我
自惭形秽，而此刻
群星之上尚有群星，一种巨大而荒凉
的悲戚盘踞在夜空深处，我看到了它们
就像它们看到了更深处的悲戚

帽子英雄

返程时从幽径穿过。其实我并不关心
一个魔术的谜面拆解，诚如那只兔子
从帽底凭空出现，观众席上的欢呼
还是让我颤抖不止。试问你有没有过
被大手攥紧的经历，在深不见底的幽洞
也有一众观者在鼻尖沁出兴奋的汗水
——绝望为我们带来了两个极端。我尚需
在不同的角色中完成切换，可又有谁
能知道，那只兔子在啃食青草时有没有
扯断过它们的根须？魔术师优雅地
转身致意，绝望被再次收回体内
我留意到那顶空空如也的帽子，它仍将
奔走在不同的场合，向人群抛出
一只又一只相同的兔子

鼎　沸

人声渐疏，雨水沿窗边滑落
——一种由外部渗入的寂静正逐渐扩散
如何从众多空位中找到自己的座椅？
他似乎并不着急。每一把空椅都有
自己的主人，只是你没有看到他们
譬如左首，书籍翻动的印痕清晰可辨
再如门前，语言残留的碎片跃动不止
还有那对情侣，离开时留下的呢喃
仍未消散。他听到了寂静中鼎沸的人声，
在这空无一人的大厅。窗外是绵延的
细雨，和许多件雨具撑开后投下的阴影
那儿也有一块短暂的空白，只是你
没有认出它——那个你刚刚占据
又离开的位置，也正闪动着碎片的光芒

罔　替

响铃会提醒我时之将至，而流速
却并未因此而减缓。给时间设置一道
枷锁，无非是为了印证不可抗拒下的
徒劳。父亲们仍在劳作，日复一日
将一块巨石推往山顶。他们的孩子
已经长大并也拥有，推动巨石的力量
悲哀之事在于，还未有人学会
在昏昧中抬头，巨石就已从坡顶
滚落下来。我尚沉浸在拥有力量的喜悦中
却不知巨石已压过头顶。有多少父亲
曾和我一样，坚信依靠一双臂膀
就能抵住下坠的力量。如今他们
仍在山顶，在一次次循环往复的推动中
日渐沉默。我们的确拥有抵住巨石的
力量，并会以父亲的方式延续下去
直至山体倾圮

迁 居

把一种生活嫁接到另一种生活
我在 25 楼，拥有了俯瞰 6 楼的视角
中间是 19 个楼层的间距——那段
我曾竭力攀登的高度，侍花者，
钢琴师，美学家，还有一位不知职业
的逗鸟人。现在，我可以轻易穿过
那条骏黑的廊道，将烟灰掸进
等待已久的夜空。它需要把
这个荒谬的知识传递给新的住户
——当你也悬浮在这座城市的半空，
你所向往的生活已然了无趣味。电梯
给了你另一颗心脏，在对抗
压强的同时，你也脱离了引力
我们悬浮其中，像一粒粒从更高处
被掸落的烟灰，从一个窗口
飘荡到另一个窗口

渊 薮

我们因迷路而搁置的行程被再次显现
起先是阿冷，雪域与平原间的大河
泛起了波涛，他找到了木筏，一根竹篙
足以送他入川。而后是小安，
孤岛齐鸣的鹿群指明了方向，腹地
就在前方，只需跨过沼泽，就能抵达
应许之地。我为朋友们的前途感到担忧
飞鸟尚有不测之虞，更遑论急流和暗渊
现在，独我以忐忑之心滞留于此，迷雾
尚未去尽，佳讯还未传至，我须以
长足的耐心确证他们不再回返——
一个失群者的最后义务，是当所有
去向都已成定局，却仍愿这块暂居之地
能成为他人的归属

抑制性叙述

我一位远在异国的旧友
给我捎来了节日的问候，像许多年前
一样，我们聊起各自心仪的女孩
他说他至今单身，在爱与不爱之间
抉择艰难。"情感是人类多余
又不可抗拒的表达。"
我想到这句话，并为自己的婚姻
暗自反刍。抑制性在他身上的
显现尤为清晰，我理解这种矛盾
在日常和深刻之间必然存在着某种
平衡，一些人先于另一些人抵达
他们做出了某种标记，在往返之间
在开始和结束的曲面
但我什么也不能说，我想他一定明白
一条空白讯息所表达的深意

虚无之地

阿冷从云南给我寄信
邮戳显示的时间是七月
那时正当酷暑，而今入九月
信纸铺开时已微泛冷意
我在灯下读他的诗文
荒诞中透着他独有的理性
末了，他在信中写道：
近来我时常给阿樱写信
不贴邮票，只留地址
却未曾收到一封退信。
末尾是一个大大的问号
我可以理解成
一个诗人对他亡妻的思念
却不能用这种方式来回答他的疑问
诸如我寄出的那么多信件
却从未得到过回复

雪　夜

我把落雪的消息分享给阿冷
时间正值午夜，我站在十五楼抽烟
玻璃窗上结了层厚厚的冰花
烟灰和雪花同时落下
分不清彼此。很快
我就收到了回信，他问我是否和他一样
也有种随之而落的冲动？
我理解他的心绪
这缘于一个我们共同的好友
一个将死亡当作朝圣的中年男人
事实上他也的确做到了。不久前
我还去他的坟前祭拜过，墓碑空空
下面埋着他的手札和吉他
一条老狗卧在石板上晒着冬阳
那时还没有下雪

夜之赋格

一个人在荒原守着日落，等待时之将至
鸟兽归巢，世界的秘密被收入腹中——
夜晚就要来临，语言在赶来的途中又
折身而返。他什么都没有说，面对这
空旷的大地，唯有星盏自地平线冉冉升起
一个人的疑惑需要多久才会得到解答？
许多年前，当一枚红日从天边垂落
荒原的夜晚曾向他发出过邀请，
那是只有死者才能听到的声音，关于死亡
和终结，似乎有一场盛会永远都在这里等他
作为受邀者，他还从未见过自己的同伴
仿佛通往终点的路径彼此交叉，而他
错过了所有的节点。该如何交付自己的灵魂？
有人悲泣，有人欣悦，也有人在静默中
守着最后的谜题。像这星月通明的一夜，
荒原的穹顶和大地保持着危险的距离
仿佛纵身一跃，就能回到它们中间
而答案只有一个，这场奔袭的竞技
谁才会是最后的赢家？

盗火者说

在美国，佐治亚州每年的雷雨天气
要比周边地区多得多。老波德选择
在此羁留，是因他对雷电
有着近乎信仰般的痴迷。他曾两次
向我说起过他被雷电击中的经历
当帆船在海上航行，惊涛和骇浪
并不足以击溃一个人，唯独无尽的黑暗
和黑暗背后的孤独，让人深陷绝望
而一道划破夜空的闪电，往往是
每个航手内心最大的依仗，也是唯一
能够点燃他们体内引信的火种
老波德说他至今难以描述，
圣艾尔摩之火①的圣洁。他所能想到的
一切词句，都已随体内引信的湮灭
变得暗哑无声

---

① 闪电的一种，附着于桅杆或者尖状物顶。

图书在版编目（ＣＩＰ）数据

万象 / 刘康著. -- 武汉：长江文艺出版社，
2021.9
　（第 37 届青春诗会诗丛）
　ISBN 978-7-5702-2276-6

　Ⅰ．①万… Ⅱ．①刘… Ⅲ．①诗集－中国－当代
Ⅳ．①I227

　中国版本图书馆 CIP 数据核字(2021)第 127026 号

万象
WAN XIANG

———————————————————————————————

特约编辑：丁　鹏
责任编辑：王成晨　　　　　　　　责任校对：毛　娟
封面设计：璞　间　　　　　　　　责任印制：邱　莉　　王光兴

———————————————————————————————

出版：长江出版传媒 ｜ 长江文艺出版社
地址：武汉市雄楚大街 268 号　　　　邮编：430070
发行：长江文艺出版社
http://www.cjlap.com
印刷：中印南方印刷有限公司

———————————————————————————————

开本：850 毫米×1168 毫米　　　1/32　　印张：5.375　　插页：4 页
版次：2021 年 9 月第 1 版　　　　2021 年 9 月第 1 次印刷
行数：2934 行

———————————————————————————————

定价：46.00 元

———————————————————————————————